잊지 말아요

잊지 말아요

초판 1쇄 인쇄일 2023년 04월 14일
초판 1쇄 발행일 2023년 04월 21일

지은이 전병화
펴낸이 양옥매
디자인 표지혜
마케팅 송용호
교　정 조준경

펴낸곳 도서출판 책과나무
출판등록 제2012-000376
주소 서울특별시 마포구 방울내로 79 이노빌딩 302호
대표전화 02.372.1537　**팩스** 02.372.1538
이메일 booknamu2007@naver.com
홈페이지 www.booknamu.com
ISBN 979-11-6752-308-2 (03810)

잊지 말아요

전 병 화 | 제 2 시 집

책과나무

시를 쓰면서

인간의 깊은 심연에서 토해 내는 감정은 노래와 울음이라 하지 않을 수 없다. 우리 민족이 가장 오래전에 불렀던 시가(詩歌)가 「공무도하가(公無渡河歌)」라 하여 "임아 물을 건너지 마오. 임은 물을 건너셨네. 물에 빠져 돌아가시니, 가신 임을 어찌할꼬" 울며 노래하였다 한다.

얼마 전 광부가 탄광에 매몰되어 열흘 동안 이승과 저승을 오가다가 이승으로 돌아와 그의 첫 소원은 밥 한 그릇과 소주 한 잔이라 하였다. 인간의 원초적 소망이 소박하고 절박할 때, 가슴 깊은 곳에서 울리는 울음도 나오고 시가 토해질 것이다.

저자는 팔순이 머지않은 인생길을 걸어왔지만, 심연에서 토하는 깊은 소리를 내지 못하였다. 그렇지만 평범한 사람들의 삶의 소리는 듣고 살아와 그러한 사람들의 생각들을 시로 엮었다. 이 시집의 대부분이 시인 자신을 위한 시가 아니라 평범한 사람들의 삶을 노래하여 그들과 공감할 수 있는 시가 되도록 노력하였다.

2023년 낙동강 강가에서

동매 **전병화**

차례

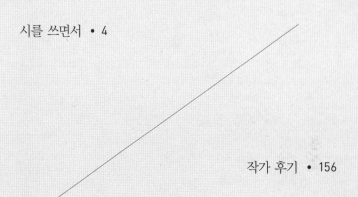

1부 그해 봄날

2부 세월과 나

3부 바람이고 싶어라

4부 눈 속의 트로이카

5부 깨어진 비석

/ 1부 /

그 해 봄날

이제는 나도 늙고 너도 늙어

서로가 알아볼 수 있을는지 모르겠다만

봄날이 가기 전에 배내골에 가 봐야겠다.

그해 봄날

그해 봄날
푸른 강둑 길게 이어진 들판에
풋보리가 무성하였네.

간밤에 봄비 내리더니
창포물에 처녀들 흑발 생머리 감은 듯
치렁치렁 검푸르다.

다가서면 한 걸음씩 물러서는
아지랑이 아른아른 타오르고
종달새는 구름 끝까지 날아 유희한다.

그해 봄날이
오늘 봄날과
다를 것이 없을 것인데

강둑에는

넓은 포장도로가 보리밭을 밀어내고

억대 슈퍼카가 바람을 가르고 내달린다.

아지랑이 종달새는 철거민이 되어

백 리 밖 원동면 배내골 골짜기로

쫓겨 갔다는 소문을 들었다.

그해 봄날

종달새는 아지랑이 타고

보리밭 위에 하늘 높이 떠서

맑은 소리로 지저귀며 노래를 불렀는데

지금은 골짜기 농장에서

노랑머리 물들이고 일용인부로 일하지만

손가락 마디마디 관절통에 시달리고

삭신이 쑤신다는 소문도 들었다.

이제는 나도 늙고 너도 늙어
서로가 알아볼 수 있을는지 모르겠다만
봄날이 가기 전에 배내골에 가 봐야겠다.

일그러진 미소

실없는 돌팔매로 부서지는 물결에
차가운 섣달의 달이 일그러진다.

달빛 아래 펄럭이는 빛바랜 깃발은
아쉬움만 매달고 부질없이 나부끼네.

돌아보면
일그러진 나의 모습에
빈 세월이 쓸쓸하게 스쳐 가고

빈곤한 추억과
막연한 기다림의 혼돈 속에서
열두 장 마지막 달력을 또 뜯어낸다.

세월이 가는지 내가 가는지 알 수 없지만
어설프게 늙어 가는 눈가 주름 사이로

일그러진 미소가 퍼져 간다.

하지만 저 달이 일그러질지라도
다시 둥근 달이 불그스레 차오를 거다.

슬픈 매화

매화는
따스한 봄볕에 이끌려
곱게 피어난 꽃이 아니다.

살을 에는 한파에 저항하여
모질게 터져 나온 슬픈 꽃이다.

차가움이 잎 속까지 사무쳐
맑은 향기는 콧등이 시리다.

삭풍은 어쩔 수 없이
슬그머니 꼬리를 끌고
북녘 어디로 사라져 갔다.

봄볕은
줄기마다 가지마다

봄을 물어다 심어 주고 뿌려 주고

화창한 산과 들에
산수유 개나리 진달래
다투어 피어난다.

봄꽃들 화사한데
매화꽃 이파리 눈꽃이 되어
바람에 날려서
쓸쓸히 간다.

칠월이 오면

벗이여!
칠월이 오면
산수국 향내 나는
칠월 언덕에 올라가 봐요.

계절의 반쪽은 언덕 너머로 멀어지고
후덥지근한 초여름 바람은
풍염한 결실의 가슴을 열고 다가오지요.

천둥 벼락 야단치고
소낙비 쏟아질 때
능금이 굵어지고, 살구엔 신맛이 들어요.

벗이여!
비록 계절은 무덥고
잠들 수 없는 밤이 길어도

우리도 그 계절 속에 성숙해져

능금처럼 살구처럼 곱게 익어 가지요.

기분 좋은 날

새해 둘째 날
햇살도 새롭게 비치는 아침에
어색하게 넥타이 매고
고용 면접을 보러 간다.

십이월에도 반이나 놀았는데
어제가 공휴일이라 또 쉬었으니
노는 것도 쉬는 것도 지겹다.

여섯 자쯤 되는 키 큰 아가씨가
휘청휘청 강아지 뒤를 따라간다.
일하러 가는지 놀러 가는지 그건 몰라.

면접 결과는 운수에 맡기고
최저임금이라도 받으면
식구들이 더 기뻐하겠는데

뜨끈뜨끈한 김이 솟는
찐빵 가게에서 이천 원 주고
찐빵 하나 사서 먹었다.

추위에 발이 빨간 비둘기가
내 발 옆에 다가와
흘린 팥고물을 쪼아 먹는다.

내가 아차 옆걸음 치면
밟혀 죽을 수 있을 텐데
그건 다음 문제이고 먹는 게 더 급하다.

살기 위해 먹는 것이지만
죽을 수 있어도 먹어야 하네.
나도 그렇다.

빵 조각을 조금 떼어 비둘기에게 던져 주니

뒤뚱뒤뚱 더 가까이 다가온다.

새해에 선(善)을 하나 쌓으니

오늘은 기분 좋은 날이다.

매화 향기

엄동설한 모진 바람에
얼마나 시려서 터져 나왔나.

바이칼 얼음 호수에
알몸 목욕만큼이나 찢어질 건데

절망의 바닥에 닿으면
희망 말고는 찾을 것이 없다.

찢어지니까 통쾌하고
터지니까 시원하지.

매화나무 추운 가지
고통이 서려 향기 맺히니

터진 꽃망울

매화 향기 그윽하다.

매화여!

고향 뜰에도 봄이 왔는가?

바깥양반

나는 집 밖에 떠도는 바깥양반
벼슬을 한 적이 없어도
집사람은 나를 양반이라 부른다.

집은 한 채 있지만
거기에는 나를 바깥양반이라 부르는
집사람이 살고 있지.

집사람이 사는 집에는
먹을 것도 있고 옷가지도 있고
따로 사는 아이들도 찾아오지만

바깥양반은 밖에 나가
낡은 가죽 가방 하나 메고
여름날 헐떡이는 수캐처럼 돌아다닌다.

바깥양반은 떠돌다가
간이식당에서 점심 한 끼 때우기도 하고
저잣거리 주막에서 술도 한잔해야지.

해가 저물면
집사람이 기다리는 집으로 돌아와
허리 펴고 하룻밤을 쉬기는 하지만

날이 새면
또다시 바깥양반이 되어
집사람의 집을 나서야 한다.

장에 가는 날

오늘은 읍내 오일장이 서는 날
장에 나가 콩도 서너 되 팔고
껌정 고무신이나 한 켤레 사야겠네.

한 달 만에 나가 보는 장터에는
새터 김 씨 토점마을 장돌뱅이도 나와 있고
읍내 본토박이도 어슬렁거린다.

오랜만에 만난 새터 김 씨와 손을 잡고
자네 집 송아지 잘 크는가 안부 묻고
옛 주막에 들러 막걸리를 두 되나 마셨다.

얼큰한데 해거름 녘이 되어
부랴부랴 시장 안에 들르니
신발가게는 문을 닫았네!

콩만 두 되 팔아 어깨에 메고

비틀비틀 집에 오니

식구는 신발 안부부터 묻기에

발에 맞는 게 없어서 그냥 왔구먼.

어둠

어둠은 산그늘에 움츠리고 있다가
밤이 되면 도둑처럼
슬금슬금 마을로 내려온다.

어둠은 검은 안개에 뒤덮여
보이지 않는 갖가지 소문을 만들어
이 입에서 저 입으로 옮겨 퍼뜨린다.

없는 이야기도 있는 이야기가 되고
있는 이야기도 다른 이야기가 되어
음흉한 자들이 키득거리며 밤을 희롱한다.

선한 어둠도 있어 천사의 밤이 되기도 하여
한낮의 무거운 땀을 씻어 주고
곤하게 깊은 잠에 빠지기도 한다.

밤이 되면 찾아오는 어둠도

때로는 악하고 때로는 선하지만

새벽닭이 울 무렵에는 산그늘로 돌아간다.

늦은 봄날

늦은 봄날
어둠이 덜 깬 먼 산사에서
오경을 알리는 범종 소리
들릴락 말락 은은하다.

타이르듯 가라앉은 낮은 울림은
바닥으로 퍼져 와 조용히 날 깨운다.

그제 같은 어제가 지나가고
어제 같은 오늘이 시작되어
여명을 걷어 내고 육신을 씻는다.

머리를 감는 것은 목이요
몸을 씻는 것을 욕이라 하는데
어제를 씻어 내고 오늘을 살아야지.

늦은 봄날이 가기 전에

건계정 맑은 물에 목욕하고

거열산성에 올라

바람 쐬고 노래를 부르리라.

강변 피서

산골 더위가 바다 더위 걱정하여
고향 친구가 부채 몇 자루 보내왔다.

부채에는 하일산중(夏日山中)이라 적어
이백(李白)의 바람을 실어 보냈다.

제비 한 마리가 봄을 물고 오듯
낙엽 한 잎이 가을을 싣고 가듯
부채 한 자루로 복더위를 날려 보낸다면
올여름은 해운대 딸네 집에 갈 것도 없다.

낙동강 변 수정마을 거실 마루에 퍼더앉아
탁주 한 병에 오이 한 접시 썰어 놓고
붓대 잡아 바람풍(風) 자 내리쓰니

물기 품은 강바람이 시원하게 불어닥쳐
올여름 삼복더위 다 날려 보내겠다.

세월 가니

어느새 지나갔나
꽃 피고 낙엽이 지는 세월
마른 강물에 허무가 흘러간다.

오동나무 잎새마다
섣달 해가 저물고
봉황 떠난 지 오래다.

묵직하게 깔린 저음
두르르 튕기며
가야금 열두 줄이
오동나무에서 흐느낀다.

세월 한 마디 잘라 보니
삼 할이 웃었고
칠 할이 울었다.

세월 마디마다 울고 웃어도

내가 가야 할 길이 아직 멀어

나를 속이지 말고 뚜벅뚜벅 가야지.

가 버린 친구

따뜻한 봄날
꽃들은 다투어 피는데
친구는 말없이 가 버렸다.

친구와 언제 한번
복국 점심 먹자 하고는
날짜도 못 잡고 떠나 버렸네.

목련꽃 하얗게 피어
봄날이 화창하더니만
밤사이 뚝뚝 떨어져 버리네

말 없는 영정 앞에
술 한잔 권하고 밖을 나오니
목련 나무 우두커니 울고 있었다.

사랑도 미움도 한 줌 재로 불사르고

빈손으로 가볍게 뒤돌아보지 않고

본래 왔던 그곳으로 돌아가는구나.

떡갈나무 숲에서

떡갈나무 숲에서
구수한 메밀 향내가 난다.

저무는 가을이
타고 있나 보다.

옹골차게 야물어진
도토리 익어 가네.

계절마다 빛깔 다른 햇살이 녹아들어
알알이 사철의 산고가 박혀 있다.

갈잎은 떨어져 쌓이고
또 한밤 지나면 길을 덮는데

잃어버린 심사(心思)는
어디에서 찾으랴!

떨어지기 연습

아기가 침대에 올라가
바닥으로 굴러떨어진다.
아플 것 같은데 까르르 웃고는
또 올라가 굴러떨어진다.

국가고시에 두 번 떨어졌다.
발표 날에 명단을 아무리 살펴봐도
이름은 같은데 성이 다르다.

연습이 아니었다.
혼자 소주방에 틀어박혀
소주 반 눈물 반을 섞어 마셨다.

새벽바람이 차다.
서글픔과 분노가
바닥 아래로 조금 가라앉는다.

연습이야
철없는 날에
연애도 연습으로 해 봤잖아!

인생에 연습은 없다는 말은
요행히 성공한 사람들이 하는
자기 과시야.

삼세판이 있잖아.
두 번은 연습이고
세 번째는 실전이야.

시험장에 착석하여
문제지를 찬찬히 읽어 보았다.
안개처럼 흩어져 있던 정신이
점점 뭉치더니 번쩍 섬광이 지나간다.

그렇지 앞서 두 번은
흩어진 정신이 뭉치지 않았었지.
그게 연습이었나 보다.

답안지를 꽉 채우고도
더 쓸 말이 남아 있지만
시험장을 나와 비틀비틀 걸었다.

연습 찌꺼기를 다 쏟아 내고 나니
머리통이 홀가분하고
번쩍하던 섬광이 아직도 눈에 남아 있다.

/ 2부 /

세월과 나

세월은 사시사철 변하고

나는 일흔여덟에 일흔여덟 번 변했으니

세월이나 나나 오십보백보로다.

겨울꽃

꽃 중의 꽃은
호사스러운 봄날에 피지 않더라.

나른한 봄날 앞산 비탈에 붉게 핀
진달래 꽃가지에 두견새 울어 피 토하고
초여름 날 장미꽃 현기증 나게 요염하더라.

동풍 불어 찬바람에 떠는
매화 향기 모질어 애처롭더니
시월 언덕에 구절초 홀로 피어 서글프구나!

보셨나요.
동짓달 된서리 맞고
민둥산 뒤덮은 하얀 억새꽃을

바람 불고 서리 내리는 무정세월 한겨울에

하얗게 늙어서 아름다워라.

백화(百花) 만발하더라도 꽃 중의 꽃은

겨울에 핀 억새꽃이더라.

수작(酬酌)

가끔 세상살이는
술을 권하기도 하여

기분 좋은 저녁 술벗은 둘보다 셋이 좋지.
술시(戌時)쯤 되면 수작(酬酌)을 벌여
술이든 술에 술을 타서 마시든 가릴 것 없고
안주는 노가리를 질근질근 씹는다.

노가리 씹는 맛은 유별나서
농담도 씹히고 험담도 씹히고 허풍도 씹힌다.
질근질근 씹는 입들은 모두 박식하나 거칠어
모르는 것 말고는 다 안다.

술잔은 부딪혀야 제맛이 나고
단숨에 잔을 비워야 취흥이 돋지
서먹하던 사람도 몇 순배 돌고 나면

형님 아우가 되어 먼 데 사촌보다 더 가깝다.

술에도 고비가 있어서 고비를 넘어 버리면
넘지 않느니만 못하니 작정 없이 마시다가
고비를 넘어 버리면 헛수작이 될 수 있네.

굽은 길

길은 굽은 길
길모퉁이에 모과나무 우뚝 서 있고
가지마다 신맛 나는 모과가 익어 간다.

모퉁이 다음 길을 가다 보면
또 다른 모퉁이를 만나
살구가 불그스레 영글고 있다.

굽은 길은 걸어서 가야 해
가다가 땀이 나면 길가에서 앉아 쉬고
나지막한 계곡에 흐르는 물이 시원하다.

아스팔트 직선도로는 너무 따분해
빠르게 달려 본들 지루하기만 하고
보이는 것은 차선밖에 없네!

가는 길이 비록 굽어 멀더라도

산천경개 두루 둘러보며

쉬엄쉬엄 가다 보면 갈 길은 다 간다네.

세월과 나

젊은 날에는
술맛이 달았는데
세월 가니 술맛이 쓰구나.

술이 변했는지
내가 변했는지
어리석은 물음에 혼자 곰곰이 생각한다.

술은 옛 술이라도 변함이 없고
주막집 주인도 옛 보던 그 아낙인데
변한 것은 나 아니면 세월이렷다.

세월은 사시사철 변하고
나는 일흔여덟에 일흔여덟 번 변했으니
세월이나 나나 오십보백보로다.

낙엽 쌓인 산길을 걸으며

세월은 또 겨울잠에 들어가는데

나도 흰머리 더 늘어나네.

들꽃

초여름 장마철에
한줄기 소낙비가 쏟아졌다 그쳤다
먼 데서 천둥소리 들려온다.

들풀이 무성한 벌판 옆길 따라
금계국 활짝 피고 개망초도 활짝 피어
들꽃들이 흐드러지게 웃고 있다.

들꽃은 누가 심지도 않았고
가꾸지도 않아도
야성으로 자라 풋풋한 줏대로
저들끼리 어우러져 피어 있다.

하얀색 보라색 황금색 제멋대로 아름답고
거친 바람에 흔들흔들 장난질하며
서로 엉키고 쓸어안아 사랑스럽다.

가꾸어 가지런히 정돈된 꽃들보다

아무렇게 던져져 벌판에 피어나

비바람에 시달려도 해맑은 들꽃이

진한 땀 냄새가 오히려 향기롭다.

바람 따라

바람을 거슬리는 솔개연
물살을 거슬리는 연어 떼
그렇게 몰아쳐 치올라야 하나?

바람이 건듯건듯 부는 대로
물살이 유유히 흐르는 대로
느릿느릿 먼 산 보며 걸어가면 어때.

봄날에 여리디여린
자줏빛 들꽃이 사랑스럽지 아니한가?
초여름 강물 위에 퍼덕이는
보리 숭어가 상쾌하지 아니한가?

자줏빛 들꽃도
퍼덕이는 보리 숭어도
느릿느릿 걸어가면 보이네.

대천천 따라 오르다가

애기소폭포에서 목물하고

금정산성에 올라 바람 쐬고서

노래 부르며 돌아오는 길이 즐겁다.

풍상 세월

무너질 듯 뭉개진 토담 위에
누렇게 늙은 호박이 초인처럼 앉아 있다.

한참 바라보니
구순 넘어 멀리 가신 어머니가 돌아와
초연히 앉아 있는 것 같기도 하네.

늙은 호박도 젊은 날이 있었지.
맑은 날 황금 나팔 꽃잎이 활짝 열리면
호박벌이 통통한 궁둥이에 노란 꽃가루 묻혀
이 꽃 저 꽃 중매하여 아기 호박 열렸다네.

한여름 땡볕에 익히고
소낙비 맞아 가며 한여름 지나더니
어젯밤 무서리에 한세월 가네.

어머니처럼 늙어 가는 호박은

풍상 세월을 탓하지 않고

흘러가는 세월도 후회가 없다네.

뭐 하고 지내냐고

나보고 뭐 하고 지내냐고
을유생 닭띠니까 조금 늙었으니
놀아 가면서 일한다네.

반은 일하고
반의반은 쉬고
반의반은 놀고 있지!

해 뜰 무렵 바깥바람 쐬고
머리 감아 목(沐)을 하고
몸을 씻어 욕(浴)을 하지

산골짜기의 정자에 앉아 바람 소리 듣고
동파 흉내 내어 몇 자 일필휘지하고
창가에 누워 흘러가는 세월을 바라보네!

주방에서 도맛소리 들려오니

늙은 아내가 저녁 준비하고 있지

벼슬도 명예도 먹는 것보다 못하다네.

찔레꽃

늦은 봄 밤비 그치더니
아지랑이 피는 오월 언덕에
하얀 찔레꽃 만발하네!

찔레꽃 바라보니
옛 고향 언덕에 피던 찔레꽃과 닮아
그리움과 서글픔이 스쳐 온다.

옛 피던 찔레꽃이나
오늘 피는 찔레꽃이나
하얗기는 매일반인데 향기가 다르네!

그립고 서글픈 향내 술에 섞어 익으면
옛 언덕에 올라 얼근하게 취하고
하얀 찔레꽃은 붉게 흐느끼었네!

아끼다가 버린다

꽃 피는 봄이 오면
꽃놀이 갈 때 입을 옷
장롱 깊숙이 넣어 둔 지
헤아려 보니 여러 해다.

봄은 속이지 않고 꼬박 찾아오고
꽃들은 서둘러 피고 지는데
부질없는 핑계로 차일피일
꽃놀이 안 간 지도 여러 해다.

꽃놀이를 안가니
장롱 속 고운 옷 꺼내 입을 일도 없고
내일 내일 미루고 아끼다가
좀이 파먹고 색이 바랬네.

올봄에 갈 꽃구경은 올봄에 가고

내년에 갈 꽃구경은 내년에 가고

올봄에 입을 옷은 올봄에 입고

내년에 입을 옷은 내년에 입어야지.

능소화

상쾌 통쾌 한줄기 소나기
불볕더위 씻어 가니
더위는 강물 따라 넘실넘실 흐른다.

베개 높이 베고 창가에 누워
쏟아지는 장대비에 피서하다가
꾸벅 졸음이 꿀맛이네.

비 개어 뜰에 나서니
더운 바람에 능소화 슬렁거리며
주황색 큰 웃음이 시원스럽다.

하늘도 얕보고
담장 끝까지 오르고 또 치켜들어
복더위에 흐드러지게 피는데

이 여름 지나가면

능소화도 웃음을 잃고

소슬바람 부는 뒷길을 쓸쓸히 가겠네.

가을인가요

가을인가요.

서리 내린 아침에 창문 여니

밤새 떨던 찬바람

우르르 몰려온다.

모양도 없고 색깔도 없는 것이

보이지도 않고 잡히지도 않는데

따스한 날 추운 날 가려 알고

때맞춰 불어온다.

뒷길 언덕에

서슬 푸른 서릿발이 잔디를 덮고

하얀 구절초가 처연한데

청상(靑孀)의 한이 꽃잎에 서린다.

떠나가나요.

꽃도 지고 나뭇잎 떨어지고

억새꽃 흰머리 바람에 날리는데

언덕에 올라 구절초 뒷모습 바라보리라.

말복 고개

쓰르라미 계절을 재촉하고
나뭇잎 하나 떨어지니
가을 소리 들려오누나.

늙은 햇살이 강 위에 드리워
강물은 개으르게 뒤척거리고
나태한 여름 한낮이 말복 고개를 넘는다.

강물이 멀리 보이는 마루에 걸터앉아
시원한 막걸리 한 잔을 따르고 부채질하니
늦더위가 헐떡이며 흩어져 나른다.

변하지 않는 것은 없더라.
들길에 기생초 꽃 이파리 노랗게 익어 가고
고추잠자리는 빨갛게 익어 가네!

말복 고개 넘어가면

가을의 문이 열리고

누렇게 익어 가는 황금들 길을 걸어가겠네.

저만치

저만치
가을 강가에
갈대꽃 나부끼네!

저만치
서산에 걸린 해 저물어 가고
새들은 풀숲에 숨어든다.

저만치
강에 스치는 갈바람 쓸쓸하고

저만치
쓸쓸한 강 너머
그리움이 아련하다.

저만치

그리워도

다가서기 머뭇거려져

그리워도 저만치서

시나브로 생각만 하련다.

소나기

뚜두두둑
호박잎을 두드리며
콩알 같은 소나기가 부서진다.

마루 끝에 걸터앉아
부서지는 소나기를 바라보니
머리끝에서 발끝까지 상쾌하다.

구만리 하늘과 땅 사이를 떠돌며
천둥에 놀라고
벼락에 쫓기다가

토담 위에 늙어 가는 호박잎에 부딪혀
산산이 부서지는 소나기 너는
항룡(亢龍)의 후회만큼 허무하구나.

소나기의 허무가 나의 상쾌일지라도

내가 허무하던 날

소나기는 상쾌하게 느끼지 않을 것인데.

3부

바람이고 싶어라

봄날엔 고향 언덕에 올라

진달래 붉은 꽃잎 물어

산산이 흩날리고 싶어라.

내일을 기다리며

하루해가 저물면
등 가방에 피로를 잔뜩 메고
비탈진 언덕 집으로 다리를 끌며 오른다.

작지만 몸을 펼 수 있는 언덕 집에 올라
아내의 일식 삼 찬에 주린 배를 채우고
커튼을 치고 밤을 맞이한다.

커튼으로 바깥세상의 눈부신 빛을 막고
어두운 방 잠자리에 누워 눈을 감으면
어둠 속에 밝고 넓은 공간 세상이 열린다.

공간 세상에도 새가 노래하고 꽃이 피네.
넓은 저택과 푹신한 침대가 있고
식탁에는 온갖 요리와 술이 즐비하다.

꿈이었네!

희망이다.

그래서 내일을 기다린다.

이 밤이 가고 나면 아침 해가 떠오르고

작은 언덕 집에서 서둘러 일어나

커튼을 걷으면 공간 세상은 사라진다.

신발 끈을 조여 신고

등 가방을 둘러메고

어제와 같은 길을 오늘도 걸으며

오늘 밤을 기다리고 내일을 기다린다.

사연

사연도 많더라.
봄날에 꽃잎 떨어지니
서러운 사연에 눈물지고

가을날 낙엽 지니
잎새마다 붉게 새겨진
마음 아픈 사연들 가슴 시리더라.

여차여차한 사연들의 실타래
밤새도록 풀어도 하나같지 않고
사연마다 어찌 아니 아프던가.

사람이니까 그렇겠지
이래저래 살다 보니
그런저런 사연을 안고 살지만

사연마다 들여다보면

외로운 사람들의 차지가 더 많아

강 건너 전등불 밤늦도록 깜박이네.

눈사람

눈이 오는 날
텅 빈 운동장 한가운데에 눈사람 하나
하루 밤낮을 홀로 지새운다.

난쟁이 눈사람은
몸통과 머리통만 크고
팔다리 없이 눈썹만 짙게 껌다.

고요만이 남아 있는 빈 운동장에
소리 없이 눈이 소록소록 내리고
바람 없는 깃대에 꽂힌 깃발만 애처롭다.

두 팔을 흔들고 싶어라. 젖은 깃발 향하여
두 발로 걷고 싶어라. 우뚝 선 깃대로
눈사람의 외침은 차가운 눈 속에 묻힌다.

껌은 눈썹 아래로

검은 눈물이 흘러내려도

눈사람은 소리 내어 울지 않는다.

선풍기에 땀을 말리며

3조 2교대 공장 작업은
톱니바퀴처럼 돌아가고
하루 열 시간 노동은 몸에 익었다.

용광로 앞 굵은 땀방울은
작업복을 적시고
젖은 땀은 후끈한 선풍기에 날려 보낸다.

내일이 딸아이 등록금 납부 기한이라
담배만 빼끔빼끔 연기를 내뿜다가
쑥스러운 가불을 신청해 놓았다.

퇴근길에 가불 봉투 받아 쥐니
공짜 돈 얻은 것처럼 발걸음이 가볍다.

허기진 배를 졸라매고

비탈진 임대주택에 도착하여

먼 산 바라보며

장대 같은 한숨을 길게 내쉰다.

설악

설악이 어디메뇨
내 집 앞이 설악이네.

설악은 흥이 많아
한자리에 있지 못해.

어제는 내장산에서
단풍 숲에 춤판 열고

지리산에서 하룻밤 묵고
새벽길에 살짝 왔네.

봄날에 꽃놀이하고
가을날에 단풍놀이할 적에

내 집 앞에 붉게 타고
백발의 억새꽃이 갈바람에 나부끼네.

장자와 한잔 술

따뜻한 어느 봄날
늙은 상수리나무 아래서
장자와 대작하여 백로주에 취했네!

장자는 몇천 리 큰 붕새 타고
구만리 푸른 하늘 날아왔지만

나는 털 강아지 앞세워
어기적어기적 걸어왔다네.

누더기 무명옷에
얽어맨 신발 신은 장자 모습은
서울역 지하도 어느 노숙인 같은데

눈빛은 하늘을 찌르고 화색은 맑은 국화라
구만리 창천을 날아가는 이야기는

나를 까무러치게 하네.

새 양복 차려입고 반들반들 구두 신고
장자 앞에 선 내 모습은 강남 스타일인데.

겨우 꺼내는 얘깃거리는
강남 집값 올랐다는 허풍과

중앙에서 높은 의자 돌리는
도척 같은 사람을 잘 안다는
좀스러운 얘기 말고는 할 말이 없었네!

장자와 헤어져 비틀비틀 오는 길에
애꿎은 털 강아지 방둥이만 걷어찼네.

구절초

구절초
바람에 흔들리네.

어찌 그대가
그립지 않으리.

마디마다
사연도 많다만

애써 만나면
아니 만나는 것보다
더 서글플 것 같다.

멀리 있어도
그대 향기 더욱 맑아

그리워도 그리워만 하고

쓸쓸한 이 가을을

홀로 보내련다.

옛정

반가워 두 손을 잡았지.

거친 손바닥에 따뜻한 옛정이 흐르네.

손등에 푸른 핏줄 세월이 흘러가고

미워하기도 하고

그리워도 하고

그러다 만나면 가슴이 뜨겁지.

또 헤어져 멀리 지내면

가끔가끔 생각이 나지만

바람만 오고 가고 소식은 없는데

너나

나나

세월 가니

나무껍질처럼 늙어 가는구나.

친정 가는 날

일흔 후반 나를 두고
같이 늙는 아내가
하도 오랜만에 2박 3일 친정에 가는 날
이른 아침부터 부산하다.

찰밥은 여기 해 놨고
미역국은 여기 담아 두었고
달걀은 냄비에 물을 요만큼 부어 삶고
우유는 냉장고 둘째 칸에…

그렇구나!
강물 위에 오가는 수많은 배들은
명예를 찾아가는 배
이익을 찾아가는 배
두 척뿐이라는데

나 같은 범부(凡夫)는

먹는 것이 가장 중하여

2박 3일 굶지 말라고 요것조것 챙겨 놓고

몇 번이고 신신당부하고

아내는 총총 떠나간다.

무정한 이 사람은

문밖에 고개만 내밀고

빨리 갔다 오게.

글쎄

2박 3일은 정해진 시간인데

빨리 갔다 오라니!

가을 강

두둥실 통나무배
낙동강에 떠 있네!

갈바람은 뱃전에
실없이 부딪히고

서산에 해 기우니
물새들은 갈대숲에
나래를 접는다.

낚시 끝에 물고기
입질도 하지 않고
흘러가는 물살만
낚시질하다가

빈 배에 달만 싣고

하릴없이 노를 저어

불 밝히고 기다리는

집으로 돌아간다.

가난한 이사

입동 지나 진눈깨비 내리던 날
자그마한 짐차에 이삿짐을 싣고 있다.

넓은 집으로 이사하는 식구들 같지 않고
전세금이 오르고 월세가 올라
더 좁은 집으로 이사 가는 식구들 같다.

나 어릴 적 눈 내리는 겨울날
짐수레에 이삿짐 싣고 낯선 집에 이사 갈 때
가지 위에서 까마귀가 뜻 모르게 우짖는데
어머니 눈에는 눈물이 고여 있었다.

날품팔이 노동으로 날삯은 그대론데
녀석들 덩치는 커지고 입도 커지고
전세금 월세는 더 빨리 오른다.

더 좁은 곳으로 더 비탈진 곳으로
해마다 올라가다 보면
바다가 보이는 산마루까지 올라가겠다.

해운대 바닷가 고층 아파트가 백 층이 넘고
시가가 수십억 원이라는데
산마루에서 내려다보는 바다나
아파트 백 층에서 내려다보는 바다나
보이는 풍경은 다르지 않을 것인데….

진달래꽃

늘어진 봄날
뒷산 양지 고개에
진달래꽃 붉게 핀다.

꽃 따는 아가씨들
붉은 치마에 꽃을 따 담고
꽃보다 더 붉은 웃음소리가 간지럽다.

진달래꽃은 따로 피지 않고
끼리끼리 짝을 지어
여수 영취산에 모여 핀다.

창녕 화왕산 거쳐 달성 비슬산 갔다가
홍천 가리산에서 며칠씩 쉬고
영변 약산까지 삼사월을 피고 진다.

진달래꽃은 가는 곳마다

질펀하게 놀다가

봄날이 가는 것도 잊고 늙어 가네.

굽은 나무

세상에
쓸모없는 것이 어디 있겠소.

굽은 나무를
쓸모없다고 손가락질하지 마소.

곧은 나무는
집을 짓는 이들이 베어 가지만

굽은 나무는 늙도록
시원한 그늘을 지어서

땀에 젖은 고달픈 이들의
쉼터가 되지요.

굽은 나무 그늘은 늙어 허리 굽은
어머니 같은 그늘이지요.

가는 봄

이 봄 덧없이 가고 나면
꽃들은 서럽게 시들어 가고
소쩍새 밤새워 슬피 울 거다.

겨우내 움츠린 봄날이 올 때
꽃들은 다투어 피어나고
그 봄날 그지없이 즐거웠지.

머지않아 깨어지는 봄날의 꿈
꽃잎 시들어 떨어지면
그 봄날 긴 꿈이 아니었네.

봄날이 가네 소리 없이 가네
꽃들도 모르게 소쩍새도 모르게
짧은 봄날 안개처럼 서서히 걷혀 가네.

바람이고 싶어라

나 바람이고 싶어라.

봄날엔 고향 언덕에 올라

진달래 붉은 꽃잎 물어

산산이 흩날리고 싶어라.

여름날 뭉게구름 두둥실 싣고

저 산 넘어가다가

한줄기 소나기 뿌리고 싶어라.

가을날에는 강변에 노니는

기러기 떼 몰고

갈대숲 너머 창공에 높이 날고 싶어라.

눈 내리는 겨울밤엔 거친 벌판에

높새바람 미친 듯이 질주하여

못다 푼 열정을 실컷 풀고 싶어라.

일 년 열두 달 삼백육십오 일

나 바람이고 싶어라.

4부

눈 속의 트로이카

눈 속을 달리는 트로이카는 전할 수 없고

앙상한 가지만큼 메마른 가슴으로

어제도 오늘도 무정한 하늘만 쳐다본다.

그리운 깜둥이

십 대 철없는 소년 시절
함께 꽃놀이하던
얼굴이 까만 소녀 있었지.

이름은 잊었지만
까만 얼굴에 초롱초롱 별 같은 눈동자
그림자 되어 어른거린다.

타향살이 반세기 흘러간 세월에
깜둥이는 어디서 어떻게 살고 있는지
그리움이 문득문득 스쳐 간다.

어느 날 옛 친구가
깜둥이 소식을 듣고
별로 멀지 않는 곳에 살고 있더란다.

이내 심사 고약하여
그토록 그립던 마음이 안개처럼 사라진다.

나나 깜둥이나 늙어 간 현상으로 마주하여
유리알 같은 꿈 산산이 조각날까 두려워서다.

가 버린 낭만

칠십 년대 무렵이네.

청파동 굴다리 옆에

나무계단 이 층에 로마다방이 있었지.

가끔 들르면

세련된 서울 말씨로

입술 빨간 레지의 애교가 더 새빨갛다.

노른자 띄운 모닝커피 한 잔에

아리랑 담배 한 갑은

멋쟁이 한량들의 기본이고

주름 잡은 바지에 백구두가 반짝이며

검은 중절모를 썼다 벗었다

위스키 한 잔도 멋이다.

다 가고 없네!

삐걱거리던 로마다방도 빨간 입술 레지도

아리랑 담배 연기와 함께 가 버렸으니….

눈 속의 트로이카

어제도 오늘도 하늘을 쳐다보고
하마 눈이 올까 고대하고 있는데
어제 같은 오늘도 하늘만 파랗다.

펑펑 눈이 내리면
그리운 이에게 눈 덮인 벌판을 달리는
러시아 민요 트로이카를 들려주고 싶다.

시베리아 벌판에 눈은 수북수북 내리고
삼두마차는 눈 속에서 바람보다 빨라
장엄하고 우울한 선율이 가슴에 파고든다.

하늘은 정이 없어
기다리는 눈은 오지 않고
거친 바람은 떡갈나무 가지만 흔든다.

눈 속을 달리는 트로이카는 전할 수 없고

앙상한 가지만큼 메마른 가슴으로

어제도 오늘도 무정한 하늘만 쳐다본다.

미워도 하고 사랑도 하고

나를 잊지 말아요.
물망초 고개 들고 간절하니
멀리서 바라볼 뿐 안타깝기만 하네.

여름날 소나기 지나간 뒤
풋풋한 호박꽃을 보았나요.
춤추는 호랑나비와 한데 어울린다.

물망초 사랑이나 호박꽃 사랑이나
때로는 미워도 하고 때로는 사랑도 하지.

고요가 안개처럼 퍼지는 산사(山寺)에서
고고하게 살아가기도 하고

막걸리 냄새 풍기는 저잣거리에서
왁자지껄 살아가기도 해요.

밝은색 어두운색 어우러진 회색지대에서

서로 미워도 하고 사랑도 하며 살아가지요.

꽃이 피고 지고

인적 없는 계곡에
봄은 찾아와
물이 흐르고 꽃이 피네.

꽃은 누구를
기다리지 않고
물소리 바람 소리에 홀로 피지.

찬바람에 시달리기도 하고
산야를 붉게 물들이기도 하고
무서리 맞고 처연하기도 하네.

가을의 여인
구절초
떠나 버리네!

통도사 홍매화

통도사 언덕길에
홍매화가 피었네.

금정산 고당봉에
삭풍이 매서운데
찬바람에 떨면서 붉게 피었네.

누가 부르더냐.
누굴 만나려나.

따뜻한 춘삼월도 늦지 않는데
이른 정초에 서둘러 왔구나.

맑은 향기는
손끝 시린 추위에도 그윽한데

돌아서서 멀어져 가도

붉은 마음은

서리 마을 주막까지 따라 내려오네.

바래봉 봄날

바래봉 팔랑치에 철쭉이 활활 타더니
이리도 빨리 떠날 줄 미처 몰랐네.

나 어릴 적 봄날은 늘어지게 한참 길어
종달새는 아지랑이 타고 늙도록 유희하고
진달래는 피고 지고 나른한 봄날을 보냈는데

지리산에 봄이 왔다기에
운봉읍 내 주막에서 막걸리 한 대포하고
바래봉 팔랑치에 오르니 철쭉은 미쳐 있네.

막걸리에 취하고 철쭉에 취하여
산봉우리에 큰대자로 누워
지나가는 봄꿈을 잠시 꾸었는데

꽃들은 시들고 녹색 바람 불어오니

허리춤 붙잡아도 봄날은 간다네.

기어이 간다네.

왜 사느냐고

왜 사느냐고
죽어 보지 않아 모르겠네!

전장에 나가
사지를 다 잃고도

아이고 운이 좋았지
하마터면 죽을 뻔했네!

비단옷 입혀
북망산에 묻히는 것보다
누더기 입고 뒹구는 게 좋지.

어젯밤 눈을 감았다가
아침에 눈뜨면
좋은 아침하고 인사하지.

왜 사느냐고 묻지 말게나.

꽃나무 가지 위 저 작은 새도

살아 있으니 지저귀네.

산중일기

장마 끝난 여름날 하오
고개 들어 앞산 바라보니
산은 푸르고 하늘은 맑은데

뭉게구름 한 덩어리
소나무 가지에 걸려 졸고 있다.

밀짚모자 눌러쓰고 숲속으로 숨어드니
고요가 졸음처럼 감도는 산속에는
솔솔바람 개울 물소리 은은하다.

멀리 보이는 도심 거리에 수많은 무리가
이익을 찾아서 명예를 찾아서
거짓과 반칙의 땡볕 거리를 바쁘게 오간다.

나 오늘 하루라도 어리석은 둔자가 되어

타산도 하지 말고 허욕도 버리고

바람 소리 물소리 들으며 산중에 쉬련다.

만추

늦가을 햇살은 여위어 가고
아침 손끝이 시린데
산야는 주황색 물결이 짙어 간다.

해는 노루 꼬리만큼씩 짧아지고
그림자는 장승처럼 길어지는데
나그네 수심도 깊어만 간다.

들녘에 쓸쓸한 구절초 향기는 멀어지고
그리운 이에게서 일자 소식도 없어
빈산에 소식을 그렸다가 지운다.

소슬바람은 허리춤에 스치고
낙엽은 흩날리는데
어디에서 그대 소식 전해 들을꼬!

왜가리

하늘은 맑고
강물 또한 푸르다.

강가에 홀로 앉은 왜가리
발이 시려 붉은데

강물에 비친 긴 목은
더욱더 희구나.

강변에 갈댓잎은
갈색으로 저물어 가고

강바람은 차가워져
어부의 뱃길을 재촉하네.

늦여름

마음이 심산할 때는
솔바람 이는 깊은 산에 들어간다.

산은 정이 없어 말이 없지만
간간이 산새 소리 들리고

굽은 노송은 우두커니 서 있어
서로가 말은 없어도 마음은 오간다.

산그늘이 내리니
산은 긴 숨으로 어둠을 들이마시고

동이 트면 아침을 토하여
모두가 하루살이를 시작한다.

말매미 목이 쉬고

누른 호박잎에 빗방울 부서지니

늦여름도 떠나려나 보다.

섣달

섣달 해는 기울어 가고
우체국에 들러
떠나는 한 해에 편지 한 통 보냈다.

구급차가 숨넘어가듯
4차선 도로를 바람같이 달려가네!
누가 섣달보다 더 급한 사연 있나 보다.

어린 학생들이 소곤소곤 지나간다.
등에는 두툼한 책가방을 메고
세월의 무거운 짐을 지고 가네.

밤 깊어 붓을 잡고
섣달 칠흑 바다에 깊은 상념에 빠지니
붓끝에 맺힌 먹물이 뚝 떨어진다.

가을 산

조금 떨어져서
가을 산을 바라보니
연무 깔린 산허리가 아름답다.

가까이 다가가 잘 보고자
산속에 들어가니
산은 보이지 않고 나만 홀로 서 있네!

스산한 가을바람 불어
나뭇잎은 늙어 가는데

너무 멀리도 말고
너무 가까이도 말고

조금만 떨어져서 바라보면
연무 깔린 가을 산은 아름답다네.

무정세월

삶에 취하고
사랑에 취하고

한잔 술에 취하고
노랫가락에 취하고

바람에 흘러가네!
강물에 흘러가네!

눈물 되어 흘러가네!
무정세월 흘러가네!

5부

깨어진 비석

누구 하나 들여다보지도 않는

깨어진 돌 조각 하나

서글픔만 머금고 우두커니 서 있네.

나는 일하고 싶다

건널목 빨간 신호
초조하게 쏘아본다.
불과 2분인데 한참이나 걸린다.

파란 신호가 왔다고
서둘러 길을 건너
시간 맞춰 가야 할 곳도 없다.

연신 휴대전화를 꺼내 본다.
신호음이 울리면 받으면 될 것을
올 곳도 없는 전화보다 맘이 더 급하다.

어디 일용 일자리라도
연락이 있을 것 같기도 한데
아무 데서도 신호음은 잠자고 있다.

일당이 적다고 어찌하랴!

야간작업이면 어떠하랴!

나는 일하고 싶다.

친구가 오시네

동구 밖 둥구나무 가지에서
이른 아침에 까치가 지저귀니
반가운 손님이 오실 모양이다.

해마다 요맘때면
날 찾아오는 친구가 있으니
아침부터 마음이 서성거린다.

족대를 챙기라 소쿠리는 큰 것으로
바삐 방천(防川) 아래 냇물에 천렵 나가자
쏘가리 메기 은어 꺽지가 놀고 있다.

가마솥에 물을 끓여 물고기를 풀고
여린 배춧잎 듬뿍 넣고 밀반죽을 밀어
어탕 칼국수 끓여 놓고 친구를 기다린다.

모시 적삼에 밀짚모자 쓰고 친구가 오시네.
머리가 더 세었고 얼굴이 검게 말랐구나!

한여름 익어 가니 세월이 늙어 가고
자네도 늙어 가니 난들 늙지 않겠는가!

첫눈 내린 날

첫눈 내린 날
내 마음 연인 만나듯 설레고
강아지는 하늘 쳐다보고 뱅글뱅글 돈다.

웃을 일도 드문 날에
하늘에서 흰 눈이 소리 없이 내리니
첫눈 밟는 내 마음 잔잔한 물결이 인다.

첫눈 내린 날
내 어찌 문을 걸고 누워 있으랴
벗을 불러 주막에라도 내려가야지.

세상은 눈에 덮여 새하얀데
술에 취해 눈을 밟으며
발이 시리도록 밤새 걷고 싶다.

마을 개들이

강 건너 서쪽 땅에
항상 비가 내리는데
드물게 해가 뜨면 마을 개들이
놀라서 떼 지어 해를 보고 짖는다네.

남쪽 땅은 언제나 따뜻하지
어쩌다 큰 눈이 한번 내리면
마을 개들 모두 놀라 짖고 물고
며칠을 미쳐서 돌아다닌다네.

해와 눈이 무슨 잘못이 있겠느냐마는
본시 짖는 것은 개들일 뿐이나
요즘 세상에 짖지 않는 사람 몇이나 될꼬.

드물게 해가 뜨고 눈이 내리면
거리에도 광장에도 무리 지어
미친 듯이 물고 뜯고 떼 지어 짖는다.

길쌈하는 어머니

무더운 여름밤 달빛 아래
멍석 옆에 모깃불 피워 놓고

늦은 밤까지 어머니는
삼베길쌈을 하셨네!

밤이 깊어 허기지면
어머니는 풋감 하나 쪼개시고

어머니 옆에서 뒹굴던 나는
떫은 풋감 한쪽을 얻어먹었지.

밤 깊어 뒷산에서 소쩍새 울면
어머니도 웅얼웅얼 따라 하시는데

노래인지 울음인지

지금도 알 수 없네!

둥근 달은 어머니 머리 위에서
밤새 비춰 주고 있었다.

깨어진 비석

이끼 낀 깨어진 비석
억새풀만 무성한데
쓸쓸한 바람만 불어 간다.

하늘 끝 모르고 날개 저어 오르다가
힘없이 떨어지던 날
남는 것은 후회뿐이라

무정세월 흘러가니
벼슬은 수탉 볏만 못하고
사인교 가마는 우마차만 못하네.

쩌렁쩌렁 울리던 이름 석 자도
하늘 끝닿던 권세도
깨어진 돌에 파인 희미한 자국만 남아 있다.

누구 하나 들여다보지도 않는

깨어진 돌 조각 하나

서글픔만 머금고 우두커니 서 있네.

방패연

하늘 높이 나는 저 방패연
내려갈 일은 걱정도 하지 않네!

우러러 하늘은 푸르고
내려보아 땅은 아름다워라.
새들도 함께 날며 노래 부르네!

가물가물 끝닿는 데까지 오르니
땅은 보이지 않고
새들도 온데간데없다.

내려갈 때 어떡하지
겁이 덜컹 나네.

연줄이 끊어질세라
가시나무 가지에 걸릴세라

넓은 강에 빠져 먼바다로 떠내려갈세라

하늘에 오르는 즐거움이

그지없을 줄 알았는데

끝닿는 데까지 오르니 회한만 남는다네.

떠난 벗이여

떠난 벗이여
입동 지나 눈 내리는 추운 길을
낙엽과 함께 먼 길 떠났구려.

햇빛 쏟아지는
푸른 갈대숲
산발 머리 우거진 긴 강둑 따라

거친 숨 몰아쉬며
쉼 없이 내달리던
검게 그을린 모습 그리워라.

뒤도 돌아보지 않고
훌쩍 떠난 벗의 여정을
나는 알지 못하네!

달은 다시 뜨고

꽃은 다시 피는데

벗이여 따뜻한 봄날에 다시 오려나!

토끼풀꽃

낙동강 칠백 리 끝자락에 닿으면
강변 넓은 들에 잔디가 푸르르고
서역 만 리에서 날아온 토끼풀이
군데군데 군락을 지어
잔디밭에 더부살이한다.

장미꽃을 아시나요?
토끼풀꽃 아시나요?

꽃잎을 돌돌 말아 고급 파마를 하고
붉은 화장 짙게 한 채 가시로 몸을 감싸고
도도하게 우뚝 솟은 장미꽃은
멀리서 바라볼 수 있으나 가까이할 수 없네!

예뻐할 것도 없고 찬란하지도 않은
송알송알 하얗게 피어난 토끼풀꽃들

짓밟혀도 다시 서는 너는 애처롭구나!

토끼풀꽃으로 꽃반지 만들어
지금은 늙어 있을 사람에게 끼워 주었던 너는
장미꽃보다 정겹고 사랑스럽다네.

내 배를 기다리며

저 멀리 떠나가는 배
내 배가 아니므로 섭섭한 것 없네!

내 배는 아직 오지 않아
한가로이 기다리지.

푸른 강물은 하늘 끝에 맞닿아
내 배는 그 어디쯤 흰 돛 달고
두둥실 바람에 밀려오겠지!

천천히 가요 서두르지 말고
아직도 밝은 해는 중천에 떠 있어.

강변 숲속에서 지저귀는
새들의 노래도 들어가며….

박꽃

초가지붕 위
밝은 달빛 아래
하얀 박꽃 피어 있네!

그 많은 색깔
다 마다하고
예쁘지도 않고 밉지도 않은
하얀색으로 피었구나!

해가 밝은 대낮에는
수줍어 움츠리다가

동녘에 둥근달 떠오르자
하얗게 웃고 있는 너는

소복단장하고 둥근 달을 품어
밤새 둥근 박을 잉태하는구나.

백수는 바쁘다

아침에 눈을 뜨니
부고가 한 통이 와 있구나!
졸지에 무슨 변고냐고 물으니
과로하여 돌아가셨다네.

나이 팔십도 안됐고
생업 전선에서 물러난 지 오래인데
백수가 과로사한다더니 빈말 아니네!

백수의 하루는 바쁘다.
산으로 들로 거리마다 기웃거리고
길흉사에 빠지는 데가 없다.

목줄을 지키려고 밥줄에 매달리기도 하고
쌀 닷 말 녹봉에 허리를 굽힐 수 없어
벼슬도 던져 버리는 것이 인생길이다.

사람이 살자니 산길 들길 쏘다니고

곧은길 꼬부랑길 천방지축으로 뛰다가

과로하여 영원히 쉬기도 한다.

가을비

가을비 오동잎에 내릴 때
그대가 생각난다.

옛적에 가을비 내리던 날
그대가 생각나서
철필에 잉크 찍어 또박또박 소식 적고

우체국 가다 말고
못다 한 말 생각나서
서둘러 돌아와 또 적고 또 지웠다.

오늘도 가을비 오동잎에 내리는데
비에 젖은 가슴으로
문자 메시지 꾹꾹 눌러

잘 있는지!

글자 넉 자 허공에 날려 보냈다.

가을비 오동잎에

산산이 흩날리네.

세월

바람 풍(風)자 갈겨써 놓고
창밖을 내다본다.

바람은 보이지 않고
나뭇가지만 흔들리네!

세월은 바람에 실려 가고
보이는 것은 주름살뿐이라

섣달 초승께
해거름 서산에 해는 기울고
부서진 조각달 희미하게 떠 있다.

저무는 강가에 서서
얼어 가는 섣달의 강을 내려다본다.

얼음 사이로 강물이 유유히 흘러가고

세월은 강물에도 실려 가네.

전화벨은 울리지 않았네!

전화벨은 울리지 않았네!
고장이 난 것인지 흔들어 보아도
아무런 반응이 없다.

한참 지나 삐리삐리 벨이 울렸다.
벨 소리가 좀 얄궂지마는 반가워서
얼른 받아 보니
이번 선거에 누굴 찍을 거냐는 여론 조사다.

갑자기 신경질이 발끈 올라
빨강 버튼을 팍 눌러 끄고
침대에 벌렁 드러누웠다.

작품을 접수한 지 한 달이 넘었고,
연말도 며칠 남지 않았는데
문예 담당자한테서 소식이 있을 것 같아

며칠을 전화기를 쥐고 화장실 갈 때도
벨 소리를 기다리고 있다.

혹시 제출 서류에 전화번호를
잘못 기재하였는지 아니면
담당자가 엉뚱한 데 잘못 연락하였는지
온갖 생각을 하다가
나도 모르게 잠이 들었다.

그럴 거야 이 전화기는
작년에도 문예 담당자한테서
벨은 울리지 않았었지!
전화벨 소리를 가만히 들어 보니
삐리! 삐리! 남사당패 초보자 취급하는
야유 소리 같았다.

날이 밝자 휴대전화 판매점에 달려가
새로 나온 멋진 전화기를 비싸게 샀다.
전화벨 수신음이 따르릉 멋지게 울린다.

그렇지! 바로 이 소리가
행운이 따르릉 따라온다는 신호 같았다.

그러나 따르릉 벨은 오늘도 울리지 않네!
그렇겠지, 전화기를 바꾼다고,
기다리는 벨이 울릴 리가 있겠나!

당선 소식이 없는 것은
전화기 탓이 아니라 내 탓인 것을
비로소 깨닫고
바람 부는 겨울 강가를 홀로 거닐었다.

배회하며 생각하니 마음이 편해지고
오랫동안 함께 지낸 휴대전화기에서
삐리삐리 울리는 벨 소리가 그리워진다.

작가 후기

중국 북송 소동파를 좋아한다. 그는 시와 서예에 능하고 자유분방하고 호방하다. 나는 일찍부터 그의 시와 서예에 탐닉하여 시와 서예를 즐겼다.

젊은 시절부터 시에 관해 많은 생각은 관심을 가졌지만, 생업으로 노무사 전문직에 종사하면서 글을 많이 쓰지 못하였다가 칠순 후반에 문단에 등단하여 시집 「구포나루」를 내었다.

「대학(大學)」에 이르기를, 머물 데를 안 후에 정함이 있다고 하여 이제는 40여 년간 걸어온 생업을 멈추고 시를 짓고 붓글씨를 쓰며 안빈낙도의 삶을 살고자 한다.

詩는 저마다 추구하는 성향이 있기에 반드시 이렇게 해야 할 것도 없고 반드시 그렇게 해서는 안 될 것도 없을 것이므로 나는 나의 주변에서 일어나는 일상과 생각을 쉽게 글로 써서 문학 전문인을 위한 시보다 일반 독자들이 부담 없이 읽고 공감할 수 있는 시를 쓰려고 노력하겠다.

「중용」에 이르기를, 담담하지만 싫증 나지 않으며 간략하지만 문체가 나고 온화하지만 조리가 있어야 한다고 하였으니, 이런 점을 되새겨 시를 쓰겠다.